AF561358

"Petite Collection Guillaume"

CONTE ÉGYPTIEN

Tabubu

PARIS

E. DENTU, ÉDITEUR
3, Place de Valois, 3

M DCCC XCIII

NELUMBO

Si est livres que ne se peuvent ignorer,
si tant plus ne peuvent ne se possesser.

Tabubu

"*Petite Collection Guillaume*"

ROMAN ÉGYPTIEN

Tabubu

Adaptation de J.-H. Rosny

Illustrations de Marold et Mittis

PARIS

E. DENTU, ÉDITEUR

3, Place de Valois, 3

M DCCC XCIV

IL A ÉTÉ TIRÉ DE CET OUVRAGE
quelques exemplaires
sur papiers *Vélin*, *Chine* et *Japon*.

Préface

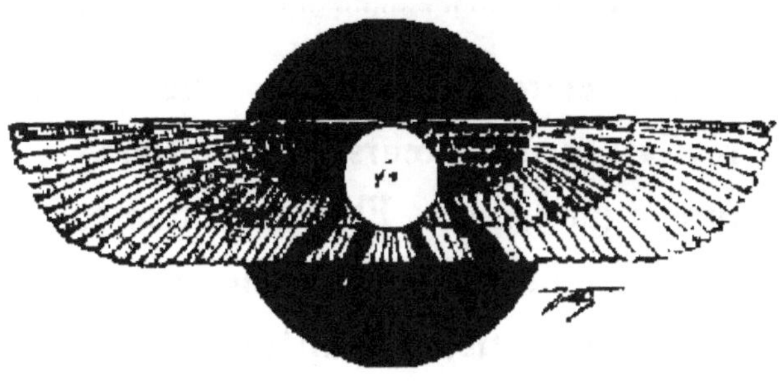

Le roman Égyptien, la double histoire du prince Setna et de Ptahneferka, que nous publions ici, est, sans contredit, une des œuvres d'imagination les plus étonnantes que nous aient léguées les temps antiques.

Elle a profondément surpris, et presque déconcerté les premiers qui l'interprétèrent, tellement elle est révélatrice des mœurs et de la littérature égyptiennes. Elle est intense, elle est étrange et fantômale dans la première partie, singulièrement saisissante dans la seconde. Symbolique dans son ensemble — car la recherche du livre de Thot et la punition des deux princes pour l'avoir possédé est bien le vieux mythe de l'arbre de la Science du bien et du mal (qui se trouve ici être un grimoire), — elle est absorbante dans le détail, parfois touchante, parfois énigmatique, et tout entière amoureuse et terrible dans l'aventure de la fille du prêtre de Bubaste, l'incomparable et périlleuse Tabubu, avec le prince Setna. Nous ne déflorerons point pour le lecteur, par un exposé maladroit, cet incroyable récit où la vieille Égypte se montre si experte dans la science de la séduction, dans la connaissance du pouvoir de la femme : il se trouve tout entier transcrit à partir de la page ... de ce volume.

Mais peut-être pouvons-nous insister quelque peu sur le raffinement de la société capable de produire de telles conceptions littéraires.

Au triple point de vue des lois, de l'organisation, du luxe, la vieille Égypte était bien près d'être pareille aux nations les plus avancées de l'Europe contemporaine, et elle fut de toute manière égale en civilisation aux Grecs et aux Romains, très supérieure au Moyen-Age. Sans doute, elle n'avait pas, *virtuellement,* les qualités de développement des races dont nous sommes issus. Mais elle ne les avait pas, justement parce qu'elle les avait usées dans sa longue et vaste croissance, dans son millénaire développement. Elle ne les avait pas, ou plutôt elle ne les avait plus, parce que la première elle édifia de toutes pièces une civilisation achevée, un cycle social savant, harmonique et rigoureusement défini. Est-ce à dire que nous n'avons point progressé sur elle ? Oui, mais sans encore avoir atteint un *ensemble* comparable au sien, sans avoir synthétisé une période humaine. La Grèce et Rome, comme la France et l'Angleterre modernes, sont, par maints côtés, incomparablement supérieures à la vénérable Égypte, mais la forme de leur civilisation fut et demeure encore fragmentaire. Sans doute, un Européen moderne nous apparaît plus intelligent et plus perfectible qu'un Égyptien du xxe siècle avant Jésus-Christ, mais il n'apparait nullement aussi avancé dans son œuvre, il ne signifie nullement un produit aussi complet d'une évolution humaine.

Ah ! c'est qu'en ce vingtième siècle avant notre ère, elle était déjà depuis si longtemps en marche, la vieille Égypte — si longtemps que l'imagination s'épouvante ! Ce n'est pas exagérer que d'attribuer à cette civilisation chamito-sémitique une période continue de plus de dix mille ans — et pour la barbarie préalable, elle remonte sûrement à plus de vingt millénaires. Des fouilles dans les couches profondes de la vallée Nil permettent de croire que fabrication de la brique y était connue il y a plus de quinze mille ans, (peut-être même trente mille ans.) Et la brique cuite est un produit industriel déjà bien complexe !

Qu'on y songe ! L'Égypte vécut quinze mille ans — vingt mille ans peut-être, — dans un tâtonnement continu vers la civilisation.

La merveille des premières pyramides suppose des stades préparatoires incalculables, une myriadaire transformation des forces barbares en forces policées.

Il n'est dès lors pas surprenant que ses lois, son luxe, ses raffinements d'il y a trois mille ans luttent avec les nôtres !

A côté de la magnifique, mais farouche, désordonnée, cupide Assyrie sa voisine, l'Égypte montre une harmonie, une harmonie un peu dure dans ses assises de Castes, mais où pourtant se rencontre une certaine douceur latente, un mouvement généreux vers la justice et la bonté, vers la prévoyance appliquée au faible comme au fort.

Ses lois, vous les connaissez : c'est des codes extraordinairement multiples, une magistrature combinée à miracle. Tous les événements, tous les états de la vie civile y sont rigoureusement et minutieusement prévus. Le crime y est diversifié avec abondance de détails et de nuances et souvent avec un haut sentiment de la grandeur morale. Le devoir y est dicté avec une rigueur inconnue parmi nous : c'est ainsi que le fait de n'avoir pas secouru son semblable attaqué par un meurtrier expose à être soi-même mis à mort. La propriété est fort respectée, parfois avec excès : les actes de vente et d'achat qui la concernent sont nets, précis, exacts, dressés avec un grand luxe de témoins.

Le meurtre de l'esclave était puni de mort tout comme celui de l'homme libre — égalité inconnue des autres civilisations de l'antiquité et du moyen-âge. Le vagabondage était prévu par des décrets, enjoignant à quiconque de déclarer par écrit ses moyens de vivre. Le parricide, le parjure, le dol, le faux-témoignage ou le non-témoignage, l'infanticide, l'espionnage, le faux-monnayage, le faux-mesurage, le faux en écritures publiques, le viol, l'adultère recevaient des châtiments appropriés, et assurément mieux proportionnés qu'il y a un siècle à peine en France, en Angleterre, en Allemagne.

Pour l'organisation, elle était tout uniment merveilleuse, encore que fort tyrannique. Le cadastre, la fortune générale, l'impôt, les travaux publics de voirie, de mines, de transport, de construction, la division en provinces dites nomes, le recrutement et le régime militaire en temps de guerre comme en temps de paix, la magistrature, le sacerdoce, le fonctionnariat, l'instruction de l'élite — prêtres, scribes sacrés ou hiérogrammates, scribes vulgaires — tout comportait un luxe de réglementation et une solidité d'ensemble incomparables.

Cette réglementation était entretenue par le respect du scribe et par le respect du livre, ergo le papyrus. Le livre menait aux plus hautes fonctions dans cette vieille Égypte patiente. Dans les palais des rois, il y avait toujours *une maison des livres* gardée par un des premiers fonctionnaires de l'État. C'était en somme une vénération profonde de l'instruction, une confiance religieuse dans l'homme que l'on *croyait* savant et dans les livres que l'on imaginait contenir le mystère des choses et des êtres, l'art de dominer la nature, de vaincre le mal en cette vie et dans l'autre, de s'élever à une sorte de puissance divine.

Quant aux raffinements du luxe et de la volupté ils furent portés bien loin. L'amour ne fut certes pas aussi élevé que chez les anciens hindous, mais il ne fut pas non plus régulièrement bestial et féroce comme chez les Assyriens. Il put être parfois terrible — le roman de Setna le démontre — mais sans altérer le tréfonds de la douceur égyptienne. Cette douceur était remarquable. Elle frappa beaucoup les philosophes grecs : elle rendit sans doute le système des castes moins farouche. Elle comporta le sentiment d'une morale élevée, comme le constate si bien le beau *Livre des Morts*. (1) Cette morale cependant

(1) Entre cent autres choses on y trouve dans la plaidoirie de l'Ame au Tribunal Suprême :

« Je n'ai fait perfidement de mal à aucun « homme. — Je n'ai pas, comme chef, fait « travailler au-delà de la tâche. — Je n'ai, « point fait maltraiter l'esclave. — Je n'ai « point fait pleurer. — Je n'ai point fait « avoir faim. — Je n'ai point éloigné le « lait de la bouche du nourrisson, etc., etc. »

n'empêcha point que les mœurs ne fussent plutôt impures, et le culte de la volupté fort développé.

Les fêtes étaient innombrables, et, chez les riches, de belles esclaves fort peu vêtues servaient les convives. Les lins brodés, les tissus, les laines teintes, les pierres précieuses, les parfums, les fards, les bijoux en fines ciselures, servaient à la toilette, cependant que les murailles étaient couvertes d'émaux précieux, de faïences fines, d'albâtre, d'or et d'argent, et que les meubles, élégamment tournés dans les bois précieux, — cèdre, sycomore, tamaris — s'embellissaient de vases de tous les métaux, ou de porphyre, d'albâtre, aux formes savantes et jolies, aux fins glacis versicolores.

Et il y avait encore les bibelots, les livres, les statuettes. Une multitude de chanteurs, de danseurs et de danseuses, de joueurs d'instruments égayaient les festins des grands, où les grâces de la femme jetaient leur énervant attrait.

Mais le raffinement suprême de l'Égypte était dans la mort. En un sens, la mort n'advenait pas pour eux, tellement l'immortalité voisinait avec la vie, tellement une manière de confusion finissait par s'établir entre le tombeau et la demeure, entre l'existence terrestre et l'existence de l'au-delà. On ne connaît aucune race qui posséda avec une telle persistance, une sérénité si haute, une foi si tranquille, le sentiment de la vie éternelle.

Aussi, le sépulcre y est la grande gloire et la grande ambition, et n'être pas embaumé, n'être pas régulièrement enseveli, apparaît le pire des châtiments. La momie est sacrée. Elle n'inspire point d'horreur. Elle assiste aux festins et aux fêtes, et n'y provoque aucune pensée douloureuse. Ses cités sont plus belles, luxueuses et grandioses, que les cités des vivants : chaque pyramide n'est qu'un tombeau colosse. Dans les catacombes de la Vieille-Égypte, dans les immenses grottes sépulcrales, d'un bout à l'autre du terrain, les morts embaumés dorment par millions, qui dans une humble cavité, qui dans une salle gigantesque ; l'ambition de tout roi est de s'élever sa pyramide. Mais non seulement l'homme est ainsi gardé religieusement : la bête participe à ce vaste amour des morts. Il est une nécropole où gisent des *millions* de carcasses de crocodiles sacrés. D'autrès mêlent les serpents aux pharaons; les singes, les taureaux Apis, les chats, les oiseaux, voire les insectes, tout participe à l'universel embaumement, à la profonde passion de la momie.

Écoutons ici le vieil Hérodote, dont les affirmations n'ont point été controuvées sur ce point :

« Les Égyptiens suivent, dans les deuils et les cérémonies funèbres, des coutumes singulières. Si quelque personnage d'importance vient à décéder, toutes les femmes de sa demeure se couvrent la tête et le visage de boue. Ensuite, abandonnant la dépouille du mort, elles s'en vont parcourir la ville, le haut de leur vêtement descendu jusque la ceinture, les seins découverts et se frappant la poitrine.

« Toutes les parentes du mort viennent avec elles et les hommes font de même de leur côté, avec leurs vêtements repliés vers la ceinture. Après ces préliminaires, ils portent le corps au lieu de l'embaumement.

« Celui-ci est accompli par des hommes spécialement institués, qui en font leur seule profession. Dès que le cadavre leur est apporté, ils montrent à ceux qui le remettent des figures en bois peint, arrangées de diverses manières. Ils leur montrent d'abord l'embaumement le plus parfait, usité pour celui dont il ne m'est point permis ici de répéter le nom (1) ; puis, représentent la deuxième façon, plus simple ; ensuite, la troisième plus simple encore. Ils demandent quelle est la façon choisie pour préparer la dépouille, et quand les parents en ont décidé, en même temps que du prix, ils se retirent. Les embaumeurs pratiquent alors l'embaumement, qui se fait comme je vais le dire, quand il s'agit du plus parfait.

« Ils retirent premièrement toute la cervelle par les narines, soit en se servant d'un fer recourbé, soit en introduisant quelques drogues convenables. Ensuite, ils ouvrent avec une

(1) Hérodote agit ainsi par respect religieux et par fidélité à la loi du secret imposée à tous ceux qui avaient obtenu de se faire initier aux mystères hiératiques. Il s'agit ici du nom d'Osiris.

pierre d'Éthiopie, très tranchante, le flanc du cadavre vers la partie des îles, et retirent complètement les entrailles du ventre. Ils nettoient avec soin la cavité du corps, la lavant avec du vin de palmier et l'essuyant avec des aromates broyés. Ils l'emplissent alors d'une myrrhe très pure et fine, de cannelle, et de maints autres parfums, mais point d'encens, dont ils rejettent l'emploi. Ils recousent enfin la peau par derrière.

« Ces opérations accomplies, ils mettent le corps, pour le déssécher entièrement, dans une saumure de Natrum (1), dont ils le tiennent recouvert entièrement pendant soixante-dix jours : il n'est pas admis de l'y laisser séjourner plus longuement.

(1) Carbonate de soude cristallisé.

« A la fin des soixante-dix jours, ils le lavent de nouveau comme il est dit plus avant, puis l'enveloppent tout entier de bandelettes de toile de byssus, trempées dans une gomme dont les Égyptiens se servent généralement au lieu de colle.

« Les parents viennent alors reprendre le corps, puis font exécuter une boite taillée en forme humaine, dans laquelle ils le déposent. Cette boite, ayant été fermée à clef, est précieusement mise dans la catacombe de la famille, où elle demeure rangée contre la muraille. C'est ici la manière la plus luxueuse d'embaumer et d'ensevelir les morts.

« Quant à ceux qui désirent une manière plus simple, voulant éviter les grandes dépenses, la préparation se fait comme il suit :

« On remplit le ventre du cadavre avec de l'huile de cèdre, injectée sans ouvrir et sans retirer les intestins. Ces injections se font par l'anus, en prenant des précautions pour qu'elles ne rejaillissent pas par la même voie. Cette préparation faite, on dépose le corps dans la saumure de natrum pendant le nombre de jours nécessaires à la dessiccation. Après ce temps, on fait ressortir l'huile de cèdre qui a été introduite dans le ventre. Elle entraine tous les intestins et les autres organes qu'elle a amollis et dissous entièrement. D'autre part, le natrum a brûlé les chairs, de façon qu'il ne demeure que la peau et les os.

« Les embaumeurs remettent ainsi le corps aux parents, et ne font rien de plus.

« La troisième manière est à l'usage de ceux qui ont peu de fortune. Elle consiste à purger, par des drogues de peu de choix, l'intérieur du ventre, et à dessécher le corps pendant les soixante-dix jours prescrits, pour le rendre ensuite à ses possesseurs.

« Pour les femmes de haute classe, elles ne sont pas délivrées incontinent après la mort : on laisse passer trois jours, et même quatre, avant de les remettre aux embaumeurs. On prend les mêmes délais pour celles qui ont quelque réputation de beauté. C'est une précaution prise pour empêcher les embaumeurs d'en abuser ; elle fut prescrite jadis pour avoir surpris un de ces derniers outrageant le corps d'une femme morte récemment : son crime avait été dénoncé par un de ses compagnons de travail.

« Le corps de tout humain, qu'il soit Égyptien ou étranger, trouvé mort, soit de la dent des crocodiles, soit noyé dans le Nil, doit être mis dans les cellules sacrées, après avoir été soumis à l'embaumement le plus magnifique, aux dépens des citoyens de la première ville où le courant l'aura déposé. Il n'est permis ni à ses parents ni à ses amis d'y toucher : seuls, les prêtres du Nil ont le droit de porter les mains sur sa dépouille et de l'ensevelir, comme les restes d'un être qui fut quelque chose de plus qu'un homme. »

L'embaumement se pratiquait de même pour les animaux sacrés. Nous en pourrions multiplier les exemples. Bornons-nous à une deuxième citation d'Hérodote :

« Si un chat périt de mort naturelle, dans une demeure, tous ceux qui y habitent se rasent seulement les sourcils; si c'est un chien, ils se rasent la tête et tout le corps.

« Les chats sont, après leur mort, transportés à Bubaste dans des cellules sacrées où on les repose après les avoir embaumés et desséchés. Quant aux chiens, ils sont ensevelis dans la cité même où ils sont morts, mais aussi dans des cellules sacrées, et de même pour les ichneumons. Les musaraignes et les éperviers sont transportés à Buto, les Ibis à Hermopolis. Pour les ours, qu'on trouve rarement, et les loups, guère plus grands que les renards, ils sont ensevelis aux lieux mêmes où l'on découvre leurs cadavres. »

Quelle pouvait être la littérature d'un pareil peuple ? Longtemps on ne connut que la littérature sacrée, littérature grave, positive, précise et peu lyrique, sauf de rares exceptions, mais susceptible, comme on l'a vu pour le *Livre des Morts*, d'une certaine élévation morale. La littérature sacrée n'interprète que très imparfaitement le génie d'une race, et le raffinement de l'Égypte permettait de supposer une littérature évoquant les mœurs. Cette littérature a été enfin découverte, vers 1852. Elle emporte des récits légers, parfois licencieux, et, aussi, merveilleux, romanesques, héroïques. L'amour y apparaît en général facile et tout extérieur, beaucoup plus sensuel que sentimental. La liberté de la femme y est grande, ce qui est conforme à ce que nous savons par d'autres sources : la femme égyptienne n'était aucunement le demi-animal qu'elle fut en Assyrie, en Syrie, en Arabie, dans quasi toute l'Asie antique. L'Égyptienne fut maîtresse en son logis; l'homme dut souvent lui obéir. Elle commerçait aux marchés, elle y vendait le produit du travail de son mari.

Cette liberté explique les deux héroïnes de notre récit, Ahura la fille de roi et Tabubu la fille du prêtre de Bubaste. Tabubu circule très librement avec ses suivantes et discute les hommages des hommes. Ahura sait bien comment obtenir l'époux qui lui convient et non celui que voudrait lui donner le roi son père.

En dehors de ces traits de mœurs,

le roman de Ptahneferka et de Setna, est le plus parfait morceau de littérature égyptienne qu'on ait découvert; il prendra sûrement place au panthéon des récits immortels. Il est de ceux qui synthétisent le terrible pouvoir de la femme à travers les âges. Tabubu est une personnification aussi formidable de ce pouvoir que Lucrèce Borgia, Salomé et Manon Lescaut.

La première partie du récit se passe aux catacombes de Memphis, dans la sépulture du prince royal Ptahneferka, mort depuis plusieurs générations. Le prince Setna, s'étant introduit dans ces catacombes, avec l'intention d'emporter le livre magique de Toth, y trouve ensemble le *corps* de Ptahneferka et les *ombres* d'Ahura, femme de ce prince, et de Merhu, leur fils. Le prince vivant demande le grimoire au prince mort. C'est alors qu'Ahura conte à Setna les malheurs qui se sont abattus sur eux à la suite de la conquête du livre de Thot par Ptahneferka. Cette première partie est fort attrayante, mouvementée, curieuse, pleine d'excellents traits de mœurs ; l'œuvre atteint son maximum d'intérêt lorsque Setna, sorti des catacombes, fait la rencontre de Tabubu : c'est ici, nous le répétons, une des plus typiques aventures amoureuses de tous les siècles.

J.-H. ROSNY.

L'écriture égyptienne comportait trois modes, nés par évolutions successives : l'*hiéroglyphique*, écriture mi-idéographique, mi-cursive, réservée surtout aux inscriptions monumentales, et dont chacun connaît le caractère ensemble gracieux et naïf; l'*hiératique*, écriture cursive ancienne, plus mystérieuse, plus sacrée que sa cadette la *démotique*, dernier progrès de la simplification égyptienne. Nous donnons ci-après un passage de Setna, en *démotique* avec la traduction en regard (1).

C'est toi

qui

m'a fait tort.

Si

étant point

(1) Pour les curieux, voir les remarquables travaux de M. Revillout, sur le roman de Setna.

à moi

enfant

après

les deux enfants.

Est-ce que point

de droit

de

faire

unir

l'un

avec

l'un ?

— Je ferai

unir

Ptahneferka

avec

fille
de
un
grand chambellan
et
ferai
unir
Ahura
notre
parenté
en nombre.
Vint
moment
d'établir
divertissement
devant

le roi.
Voici
vinrent
vers moi.
Ils me prirent
vers
fête.
Belle (j'étais)
à l'extrême
n'ayant pas
mon
air
de la veille.
Est-ce que
dit

à moi

le roi

Ahura

est-ce que

toi

qui

fit

aller

vers moi…

Tabubu

I

« ... La reine, ma mère, disait au roi : (1)

« — C'est toi qui m'as fait tort, si « je n'ai point d'enfants après les « deux premiers. N'est-ce donc point

(1) C'est Ahura qui raconte comment s'est fait son mariage avec Ptahneferka. *(Voir la fin de la préface.)*

« une chose juste d'unir maintenant « un enfant avec l'autre, le fils avec « la fille? »

« Mais le roi n'accueillit point tout d'abord cette demande, il répondit :

« — Notre fils, Ptahneferka s'unira « avec la fille d'"un grand chambellan, et, pour notre fille Ahura, « je la ferai épouser par le fils d'un « autre grand chambellan. Il n'en « manque sûrement point de notre « parenté! »

« Ainsi répondit le roi mon père à la reine, et le jour arriva où devait se donner le divertissement pour mon mariage. Les serviteurs vinrent à moi et me conduisirent à la fête. J'étais belle suprêmement, et comme transformée depuis la veille.

« Le roi vint à moi et me dit :

« — Ahura, n'est-ce point toi qui « as envoyé la reine vers moi, pour « me dire ces paroles de discorde? « N'est-ce point toi qui as désiré « t'unir avec ton frère aîné, Ptahne-« ferka? »

« Je répondis au roi, en riant :

« — Qu'on me marie donc avec « le fils d'un grand chambellan! « Et qu'on marie aussi mon frère « avec la fille d'un autre grand « chambellan! Sûrement il en est « de notre parenté en grand nom-« bre! »

« Voyant mon rire, le roi rit également, et il appela un Chef du Palais :

« — Va! — dit-il, — qu'on mène « Ahura vers la demeure de Ptahne-« ferka, pendant la nuit. Qu'on y « porte en grand nombre des ca-« deaux magnifiques avec elle. »

« Les serviteurs m'emmenèrent à la maison de Ptahneferka pour être son épouse, et le roi donna l'ordre de porter des dons d'argent et d'or. Ils prirent pour moi les cadeaux royaux et me les apportèrent. Ptahneferka et moi nous passâmes une journée heureuse, et lui aussi fut comblé de magnifiques présents. A la nuit, il vint à moi dans notre chambre et se mit à mes côtés. Et que nous restait-il à apprendre, à tous deux, sinon de nous aimer l'un l'autre ? Le temps passa, et, à la fin du mois, je ne fus point comme à l'ordinaire.

« L'annonce en fut faite au roi, dont le cœur se réjouit extrêmement ; il fit assembler des biens en grand nombre, il m'envoya de nouveaux dons en or, en argent, en étoffe royale, d'une beauté incomparable.

« Arriva le jour de la naissance. Je mis au monde un petit enfant, auquel on donna le nom de Merhu. Il fut inscrit dans le livre des hiérogrammates, car mon frère et époux Ptahneferka aimait extrêmement d'aller à la nécropole de Memphis où il lisait les hiéroglyphes qui sont dans les tombeaux des rois et sur les styles des hiérogrammates, et aussi les inscriptions des monuments. Il se passionnait immensément pour ces choses, il semblait venu au monde pour elles.

« Après cela, on fit une grande fête en l'honneur de Ptah, et Ptahneferka alla au sanctuaire adorer le dieu.

« Il marcha derrière le cortège en lisant tout haut les écritures qui se voient sur les temples des dieux. Un prêtre sembla l'écouter avec mépris et se mit à rire. Ptahneferka lui dit :

« — Pourquoi donc te moques-tu de moi ? »

« Le prêtre lui répondit :

« — Je n'ai point fait moquerie de « toi. Mais n'ai-je point sujet de rire « en te voyant lire des écrits qui « n'ont aucun intérêt ? Si tu désires « lire des hiéroglyphes intéressants, « viens avec moi au lieu où se trouve « le livre que Thot a écrit de sa « propre main. Tu y apprendras « d'après les dieux. Deux arcanes y « sont écrits. Tu charmeras le Ciel, « le Monde, l'Abime, les Montagnes et les Mers. Tu reconnaitras « la signification des oiseaux du ciel « et des reptiles. Tu verras la force « divine qui pousse les poissons à « la partie supérieure des eaux. Si « tu es dans l'Amenti, tu pourras

« lire le deuxième arcane. Encore « dans la forme terrestre tu verras « et comprendras le soleil resplen- « dissant au Ciel avec ses neuf divi- « nités et la lune en sa forme bril- « lante. »

« Ptahneferka répondit au prêtre :

« — Fais vivre mon âme ! Qu'elle « me soit dite la bonne parole ! Je te « donnerai tout ce que tu désireras, « si tu me fais pénétrer dans l'endroit « qui renferme ce livre. »

« Le prêtre dit :

« — Ptahneferka, si tu veux entrer « en cet endroit, et voir ce livre, « tu me donneras cent pièces d'ar- « gent pour mon ensevelissement. « Tu me feras faire avec cet argent « une sépulture de grand-prêtre. »

« Ptahneferka appela un jeune « serviteur et fit remettre cent pièces

« d'argent au prêtre ; il satisfit dou-
« blement à ses désirs, en accompa-
« gnant le premier don de présents
« considérables. Alors, le prêtre dit
« à Ptahneferka.

« — Le livre dont je parle est
« au milieu du fleuve de Coptos,
« dans une caisse de fer. La caisse
« de fer renferme une caisse d'airain,
« et celle-ci une boite de corne de
« rhinocéros. A son tour la boite de
« corne de rhinocéros enferme une
« caisse d'ivoire et d'ébène, et celle-
« ci une boite d'argent. Enfin, dans
« une dernière boite en or se trouve
« le livre. Mais le tout est défendu
« par un nid de serpents scorpions ;
« un serpent immortel est tout à
« l'entour. »

« Pendant que le prêtre faisait ce discours à Ptahneferka, celui-ci semblait comme hors du monde, tellement il était ému. En sortant du sanctuaire, il me parla des paroles du prêtre, et me dit :

« — Je vais à Coptos. Je veux rap-
« porter ce livre ! Je ne m'attarderai
« pas dans la région du nord.

« — Le prêtre a menti, — répliquai-je à mon mari, — il a menti, parce que tu as parlé devant lui des choses qui te préoccupent continuellement. Tu vas nous amener des querelles avec le pays de Thèbes !

« Je luttai contre Ptahneferka, tentant de lui persuader de ne pas aller à Coptos. Il ne m'écouta point. Il alla trouver le roi et lui répéta tout ce qu'avait dit le prêtre.

« Le roi lui dit :

« — Dis-moi le désir de ton cœur ! »

« Il répondit :

« — Qu'on me donne la barque « royale tout équipée et que je « puisse prendre Ahura et son jeune « enfant au Sud avec moi. Il faut « que je trouve et rapporte ce livre « sans tarder. »

« On lui donna la barque royale avec tout son équipement. Nous allâmes au milieu du fleuve, portés sur elle, et nous naviguâmes, tant que nous parvînmes à Coptos.

« Cependant, les prêtres de l'Isis de Coptos et le grand-prêtre vinrent au rivage et ne tardèrent point à se rendre au-devant de Ptahneferka, tandis que leurs femmes venaient au-devant de moi. Nous pénétrâmes dans le sanctuaire d'Isis et d'Harpochrate.

« Ptahneferka fit amener un bœuf et du vin. Il fit l'holocauste et la libation devant l'Isis de Coptos et

Harpochrate. Ensuite les prêtres nous conduisirent vers une maison magnifique et nous y logèrent. Pendant quatre jours, Ptahneferka se réjouit avec les prêtres d'Isis, et les femmes des prêtres de Coptos me donnèrent des jours heureux. Lorsqu'arriva le matin du cinquième jour, Ptahneferka fit appeler le grand-prêtre auprès de lui. Il fit venir une chambre à plonger, pleine de ses ouvriers et de ses outils. Il lut sur eux une formule magique : il leur donna la vie, il leur donna le souffle, puis il les fit descendre dans le fleuve.

« Il fit ensuite remplir la barque royale de sable.

« Moi, je l'observais au loin. A la fin je m'approchai sur le bassin de Coptos afin de mieux voir ce qui allait arriver à mon époux. Je l'entendis dire :

« — Ouvriers, travaillez pour moi
« jusqu'en cet endroit où est le
« livre. »

« Ils travaillèrent de nuit et de jour pour y parvenir, pendant trois journées : Ptahneferka jetait du sable devant lui. Enfin une agitation se manifesta sur le fleuve, à la vue d'un serpent scorpion autour du lieu où gisait le livre. Lorsqu'enfin mon époux reconnut un serpent autour de la caisse, il se mit à réciter une formule sacrée vers le nid du serpent scorpion. La formule ne fit point partir le reptile. Alors Ptahneferka alla à l'endroit où se tenait le serpent immortel, et, l'ayant atteint, il lutta avec lui. Il le tua, mais le serpent ressuscita et reprit sa forme accoutumée. Ptahneferka lutta de nouveau, et tua encore le reptile. Mais il ressuscita pour la deuxième fois. Le combat reprit et cette fois le serpent fut coupé en deux tronçons. Le prince mit du sable entre les deux tronçons qui ne purent se rejoindre. Ensuite, il atteignit la caisse, et il se trouva qu'elle était bien, comme l'avait dit le prêtre, en fer. Le prince l'ouvrit et trouva une caisse d'airain qui renfermait une caisse de corne de rhinocéros. Ensuite, il découvrit une caisse d'ivoire, à son tour suivie de la caisse d'argent et enfin de la caisse d'or. Et c'est en ouvrant cette dernière qu'il trouva enfin le livre de Thot. Il rapporta le livre vers le haut du rivage, dans la cassette d'or, et il en lut un arcane.

« Or, c'était l'enchantement du ciel,

de la terre, de l'abîme, des montagnes, des mers. Et Ptahneferka connut le secret des oiseaux du ciel et des poissons du gouffre, des quadrupèdes des monts et de tous les animaux. Il lut aussi l'autre arcane. Il connut la science du soleil resplendissant au firmament, et de ses neuf divinités, et la lune brillante et les étoiles en leur forme essentielle. Il vit, dans les poissons des profondeurs, l'énergie divine de l'eau. Il lut l'écrit à l'esprit créateur qui préside au fleuve.

« Il dit alors aux ouvriers :

« — Travaillez pour moi jusqu'au « lieu où nous rejoindrons les prêtres « de Coptos. »

« Ils travaillèrent de nuit comme de jour pour nous faire parvenir au lieu où je pourrais voir dans le livre.

Nous avançâmes sur le fleuve de Coptos, sans boire ni faire de libation, sans prononcer aucune parole inutile, comme font les gens parvenus à la demeure sainte.

« Je dis enfin à Ptahneferka :

« — Laisse-moi, je t'en prie, voir « ce livre à cause duquel nous avons « pris tant de peine ! »

« Il mit le livre dans ma main. Je lus le premier arcane qui y était écrit. Et je connus à mon tour l'art de charmer le Ciel, la Terre, l'Abime, les Montagnes, les Mers. Je reconnus ce qu'étaient véritablement les oiseaux du ciel, les poissons du gouffre, les quadrupèdes et tous les animaux. Je lus ensuite l'autre arcane, et je vis le mystère manifesté au firmament par le soleil avec ses neuf divinités. Je compris la lune lumineuse et toutes les formes des ètoiles. Je conçus la force divine qui pousse les poissons vers la partie supérieure de l'eau. Aprés avoir lu cet écrit, je louai Ptahneferka, mon frère ainé, comme un scribe très haut et très savant. Il fit apporter par les serviteurs un morceau de bon papyrus devant lui, et il y inscrivit toutes les paroles qui étaient dans le livre. Ensuite, il fit dissoudre le tout dans de l'eau, et il but la solution. Et il sut bien ce qu'il avait fait, ce qu'il avait mis en lui : l'essence du livre. »

II

« Nous retournâmes à Coptos au jour désigné et nous nous y réjouîmes devant Isis et devant Harpochrate. Puis, nous reprimes le large pour continuer notre navigation. Nous parvinmes ainsi à Artou, au nord de Coptos.

« Nous arrivâmes devant Thot. Or, le dieu savait tout ce qui avait eu lieu au sujet du livre. Il ne tarda pas à se plaindre devant le Soleil, disant :

« — Sachez que mon arcane, que « ma science est avec Ptahneferka, « le fils du roi Merneb-Ptah. Il est « allé à ma demeure et l'a pillée. « Il a enlevé ma caisse avec mes pa- « piers. Il a tué le gardien de ma « retraite, le serpent immortel. »

« Il fut répondu à Thot :

« — Ptahneferka est à toi avec tous les siens ! »

« C'est alors que nos grands « malheurs commencèrent. »

« Une puissance divine fut détachée du haut du ciel, à laquelle il fut dit :

« — Ne laisse pas retourner « Ptahneferka à Memphis. Il est

« dévoué, avec tous ceux qui sont « avec lui. »

« Une heure se passa. Alors, entraîné par une force mystérieuse, Merhu, notre jeune enfant, sortit de l'ombre de la barque royale et se jeta dans le fleuve. Là, il dit adieu au Soleil (1), parmi nos lamentations et celles de tous les hommes de l'équipage. Ptahneferka sortit de la cabine et lut l'écrit magique. Il fit venir la force divine des eaux pour ramener Merhu à la surface, et nous retournâmes à Coptos avec l'enfant. Là, nous le menâmes au tombeau, et, après avoir célébré les rites, nous le fîmes ensevelir selon la grandeur de son rang. Nous le reposâmes dans un sarcophage de la nécropole de Coptos.

(1) Il mourut.

« Ensuite Ptahneferka me dit :

« — Naviguons ! Ne perdons pas de temps — de peur que le roi n'entende parler des choses qui sont advenues et que son cœur n'en soit troublé. »

« Nous reprîmes donc au large du fleuve, et nous avançâmes sans nous attarder au nord de Coptos, à Artou, où Merhu, notre cher enfant, était tombé dans les eaux.

« Or, voilà qu'à mon tour je fus entraînée à sortir de l'ombre de la barque royale et à me jeter dans le fleuve. Je mourus comme Merhu parmi les lamentations des hommes de l'équipage. Ptahneferka fut averti après les autres. Il vint et lut l'écrit magique, et reconnut les suites de la plainte de Thot au soleil. Il retourna encore à Coptos avec ma dépouille, célébra les rites et me fit déposer dans la sépulture, avec de grands honneurs. Et je me trouvai reposant à côté de Merhu mon jeune enfant.

« Cependant Ptahneferka avait repris sa route. Mais sa désolation était grandie. Et près d'Artou, l'endroit fatal où nous mourûmes, il interrogea son cœur et se dit :

« — Hélas ! ne puis-je donc moi
« aussi aller à Coptos, afin de m'unir
« à mes bien-aimés. Si je retourne
« ainsi seul à Memphis, le roi va
« m'interroger sur mon épouse et
« mon petit enfant, et que lui dirai-
« je ? Et pourrai-je lui répondre :
« — J'ai mené tes enfants vers le
« pays de Thèbes, et je les ai tués
« — et moi je vis !.... Irai-je vivant
« à Memphis ? »

« Pensant ainsi tristement, il fit

apporter une bande de byssus et la transforma en ceinture. Il lia le livre de Thot et le mit à son flanc, en l'assujettissant bien. Ensuite, il sortit au bord de la barque et se jeta au fleuve.

« Ainsi mourut Ptahneferka, et les hommes criaient :

« — Oh ! terrible malheur ! Malheur
« affreux ! Il est parti, le bon scribe,
« l'homme savant à qui nul autre
« n'est comparable ! »

« La barque repartit.

« L'équipage atteignit Memphis. On annonça tous ces malheurs au roi. Le roi descendit vers la barque en vêtements de deuil que les intendants de Memphis revêtirent également ainsi que les prêtres de Ptah, le grand-père de Ptah et tous les officiers de la maison du roi. Lorsqu'ils virent

Ptahneferka au fond de la barque royale, on le transporta en haut au milieu de la désolation du roi et des assistants. On vit alors le livre à son flanc.

« Le roi dit :

« — Qu'on enlève ce livre de son flanc. »

« Les officiers du roi et les prêtres de Ptah, et le grand-prêtre s'écrièrent :

« — Notre grand Maitre! Notre « Seigneur! Donne à Ptahneferka la « durée du soleil! Oh! prince, bon « scribe, homme suprêmement sa- « vant! »

« Le roi fit conduire son fils à la tombe endéans les seize jours. L'embaumement prit trente-cinq jours et l'ensevelissement dix.

« Ainsi se firent les funérailles de Ptahneferka — et maintenant j'ai raconté les malheurs qui nous advinrent par suite du livre de Toth, ce livre qui nous prit à tous trois la vie sur la terre! »

III

Ahura ayant fini de parler (1), Setna demanda de nouveau le livre : « Qu'on me le donne, — dit-il, — afin que je le regarde entre toi et

(1) Le lecteur n'oublie pas que nous sommes dans la tombe de Ptahneferka, où le prince Setna, *vivant*, s'entretient avec les morts, dans le désir de posséder le livre de Thot.

Ptahneferka. — Sinon, je le prendrai de force ! »

Ptahneferka se leva sur son lit et dit :

« N'est-ce donc point à toi, Setna, que ma femme a dit tous les malheurs que nous avons éprouvés à cause de ce livre ? Si tu veux obtenir ce que tu demandes, tâche de le gagner sur le bon scribe. Auras-tu le courage de disputer la victoire du jeu avec moi ? Faisons le jeu du 52, si tu l'oses.

— J'accepte, » dit Setna.

Tandis qu'Ahura jouait avec ses chiens (1), eux se livrèrent au jeu du 52.

Ptahneferka prit un point sur Setna. Il lut une formule magique. Il s'approcha d'une tombe en face de

(1) Ahura a donc des chiens dans la tombe. C'est toujours le sentiment de la vie dans le sépulcre, tout-puissant chez les Égyptiens.

lui, il entra dans l'ouverture jusqu'au pied. Il fit de même pour le troisième point et il continuait de gagner sur Setna. Ensuite, il alla dans l'ouverture jusqu'au milieu du corps, et de même pour la sixième reprise. Enfin, il entra dans l'ouverture jusqu'aux oreilles (1).

Cependant Setna donna un grand coup sur la main de Ptahneferka, et il appela son frère Anhahorran, qui était proche, et lui dit :

« Hâte-toi d'aller là-haut et raconte au roi la chose qui m'arrive. Apporte les talismans de Ptah, mon père, et mes livres d'incantation. »

Anhahorran alla rapidement hors du sépulcre. Il raconta au roi tout ce qui arrivait à Setna.

(1) Jeu macabre et incompréhensible, probablement symbolique.

Le roi dit :

« Prends les talismans de Ptah, son père, et ses livres d'incantation. »

Anhahorran ne tarda guère à redescendre aux catacombes. Il attacha les talismans au flanc de Setna, puis s'élanca en haut au moment voulu. Setna mit sa main derrière le livre et le prit.

Alors Setna alla vers le haut de la nécropole, la lumière marchant devant lui et les ténèbres derrière lui, et Ahura, pleurante, s'écriait :

« Gloire à toi, roi des Ténèbres ! Gloire à toi, roi de la Lumière ! Avec le livre s'en va toute force hors du tombeau — notre seule et dernière puissance ! »

Ptahneferka dit à Ahura :

« Ne trouble pas ton cœur. Je le

ferai rapporter, ce livre, à l'intérieur du tombeau, je le ferai rapporter par Setna ayant une fourche en sa main et un réchaud de feu sur sa tête. »

Setna, cependant, était parvenu au haut du sépulcre, et il le referma derrière lui. Il alla au-devant du roi, il raconta ce qui lui était arrivé et comment il s'était procuré le livre.

Le roi dit à Setna :

« Rapporte ce livre au tombeau de Ptahneferka, en homme sage. Sinon, il trouvera bien moyen de te le faire rendre, et tu devras retourner avec une fourche et un bâton dans ta main et un brasier de feu sur ta tête ! »

Mais Setna ne prêta point attention à ces paroles. Pour rien au monde, il ne se fût séparé du livre. Il lisait continuellement les arcanes à tous ses amis. Il se réjouissait de posséder un tel trésor : mais le châtiment veillait sur lui...

Un jour qu'il se promenait sur la place de Ptah, il vit passer une jeune femme d'une beauté si extraordinaire que nulle autre ne pouvait lui être comparée. Elle était couverte de splendides bijoux d'or et suivie de jeunes filles et d'hommes de service au nombre de cinquante-deux.

L'étonnement et l'admiration du prince furent tels qu'il demeurait en extase, oubliant tout le reste de l'univers. A la fin, il appela le jeune serviteur qui l'accompagnait et lui dit :

« Suis sans retard cette femme jusqu'à sa demeure et sache quel est son nom. »

Le jeune serviteur se hâta de suivre

ces ordres. Il aborda une suivante de la jeune femme, et l'interpella en ces termes :

« Quelle est cette personne? »

Elle lui répondit :

« C'est Tabubu, la fille du prophète de Bubaste, la dame d'Anchta. Elle va au temple pour adorer le grand dieu Ptah. »

Le jeune homme s'en retourna vers Setna et lui rapporta ce que lui avait dit la suivante. Alors Setna reprit :

« Retourne, et t'en va rapporter à la jeune fille que Setna, le fils du roi, t'envoie dire qu'il donnera dix pièces d'or pour passer une heure avec Tabubu, et que si l'on refuse, il usera de violence... qu'il fera enlever Tabubu vers un lieu caché ou aucun homme ne pourra la retrouver! »

Le serviteur retourna vers l'endroit

où se tenait Tabubu, et il parla de nouveau à la jeune suivante. Celle-ci fut effrayée de la proposition comme d'un blasphème. Alors Tabubu dit elle-même au jeune messager :

« Cesse de parler à cette sotte ! Viens auprès de moi ! »

Le jeune homme s'approche de la belle Tabubu et lui répéta :

« Le prince Setna, fils du roi, donnera dix pièces d'or pour passer une heure avec toi. Il use de douceur, mais sache que si tu refuses, il saura te faire violence. Ses hommes t'enlèveront vers un endroit si secret, que nul ne pourra t'y découvrir — et où tu seras entièrement à son pouvoir. »

Tabubu répondit, sans se laisser effrayer :

« Va ! Dis à Setna que j'ai répondu ceci :

... Il vit passer une jeune femme...

« Je suis sainte, je ne suis point « une personne vile! Si tu désires « faire de moi ce que tu veux, tu « viendras au temple de Bubaste où « est ma demeure. Là, il y a des « préparatifs pour te recevoir et pour « que tu fasses à ton désir. Mais je « ne m'attarde pas comme les femmes « viles dans les carrefours! »

Le serviteur rapporta fidèlement à son maître les paroles de Tabubu. Puis il ajouta comme il convient :

« Malheur à tout homme qui se trouve sur le chemin de Setna... »

Setna fit amener une barque pour le conduire à Bubaste. Il ne tarda pas à atteindre sa destination, le temple où se trouvait la demeure de la merveilleuse jeune femme. A l'occident, il reconnut une maison luxueusement bâtie, avec une muraille tout autour, un beau jardin au nord, une estrade devant la porte. Setna, s'adressant à des serviteurs qu'il rencontra près de là, leur dit :

« A qui donc appartient cette maison ? »

Ils lui répondirent :

« C'est la maison de Tabubu. »

Setna franchit la porte dans le mur, en face du pavillon du jardin. On alla avertir Tabubu de son arrivée. Elle descendit les escaliers, vint elle-même prendre le prince par la main et lui dit :

« Jure maintenant respect à la maison du prophète de Bubaste, à la dame d'Anchta, devant qui tu te trouves, et il me plaira beaucoup de te faire entrer avec moi ! »

Setna fit ce qu'elle demandait et gravit avec elle l'escalier de la mai-

II

son. Il pénétra dans l'étage supérieur et le visita avec la belle. L'appartement était orné d'incrustations de lapis-lazuli vrai et de turquoises vraies. Il y avait plusieurs lits couverts d'étoffes de byssus et des coupes d'or suspendues au-dessus du guéridon.

Les serviteurs remplirent une coupe de vin et la tendirent au prince Setna. Tabubu lui dit :

« Qu'il te plaise de faire ici ton repos ! »

Mais il répondit, tout ému :

« Ce n'est point là ce que je demande. »

Elle feignait de ne pas comprendre, et elle donna l'ordre de mettre un vase sur le feu. Bientôt on apporta un mets parfumé, préparé comme pour le festin royal, devant Setna, et il se divertit avec Tabubu, mais sans encore voir son corps.

Enfin, il dit à la jeune femme :

« Finissons... et entrons dans la chambre intérieure, à cause de mon amour. »

Mais elle, avec tranquillité, répliqua :

« Cette demeure sera la tienne..., mais moi, je suis sainte, je ne suis point une personne avilie.... Et si vraiment tu désires faire de moi ton amour, tu me feras un écrit d'adjuration et un écrit de donation pour la totalité de l'argent et des biens qui t'appartiennent ! »

Il dit, sans résistance à la beauté de la jeune femme :

« Qu'on fasse venir le scribe pour rédiger les écrits ! »

Le scribe ne tarda point à paraître,

... Elle reparut éblouissante de grâce...

appelé par les serviteurs, et Setna fit faire l'adjuration et la donation promises, cédant la totalité de sa fortune à Tabubu.

Une heure se passa ainsi, lorsqu'on vint annoncer au prince que ses enfants étaient en bas et le demandaient :

« Qu'on les fasse monter ! » dit Setna.

Tabubu, entendant cela, alla mettre un vêtement transparent, d'étoffe de byssus, et reparut éblouissante de grâce, car Setna pouvait maintenant l'entrevoir toute sous la fine toile. Alors, son amour grandit étrangement, et le désir lui fit tout oublier. Il s'écria :

« Tabubu ! Oh ! que cela finisse... laisse-nous aller à l'intérieur pour accomplir ce que tu sais.

— Non, — dit-elle, — cette maison sera la tienne, mais moi, je suis sainte... je ne suis pas une personne vile!... Il faut d'abord, si tu veux faire de moi ton désir, que tu fasses écrire sur notre acte, par tes enfants, qu'ils ne disputeront pas tes biens à mes enfants! »

Setna céda encore. Il fit amener ses enfants et il les fit écrire sur l'acte ce que demandait Tabubu. Puis, croyant enfin avoir satisfait la jeune femme :

« Que j'en finisse, maintenant... entrons à l'intérieur, pour que j'accomplisse ce pour quoi je suis venu. »

Mais elle dit :

« Cette maison sera ta maison! Mais je suis chaste, je ne suis point une personne humble! Pour faire enfin avec moi ce que tu désires, il faut que tu fasses tuer tes enfants, afin qu'ils ne puissent disputer avec les miens sur ton héritage. »

Et Setna, accablé par la puissance de l'amour, consentit encore !

« Que l'on fasse, — dit-il, — l'abomination que ton cœur a conçue... »

Alors, elle fit tuer les enfants de Setna devant lui — elle les fit jeter par la fenêtre devant les chiens et les chats. Et les bêtes mangèrent la chair des victimes, pendant que le prince buvait avec Tabubu.

De nouveau, il dit à la jeune femme :

« Maintenant finissons... allons accomplir mon désir... car tout ce que tu as voulu de moi, je l'ai accompli ! »

Elle répondit :

« Dirige-toi vers cette chambre. »

Setna entra dans la chambre, et il

se coucha sur un lit d'ivoire et d'ébène, avec un désir accru encore. Tabubu vint le rejoindre et se coucha près de lui, au bord de la couche. Setna, hors de lui, étendit les mains, prit le corps admirable de la jeune fille contre lui, et satisfit enfin son profond désir.

IV

Une heure s'était écoulée, lorsque Setna vit devant lui un homme de haute stature, debout dans l'immensité, avec quantité d'hommes broyés sous ses pieds. Il était pareil à un roi. Setna, à cette vue, voulut se lever : il ne le put, à cause de la honte d'être étendu là sans vêtements.

Le roi géant lui dit :

« Qu'est-ce qui t'a mis dans cet état? »

Setna répondit :

« C'est Ptahneferka qui m'a fait ces choses. »

Le roi dit :

« Va à Memphis vers tes enfants, ils désirent te voir. Ils se tiennent devant le roi. »

Setna, étonné, dit :

« Devant le roi, mon seigneur !... Que les dieux lui donnent la durée du soleil !... Mais comment parviendrai-je à Memphis, n'ayant point de vêtements sur moi? »

Le roi appela un jeune homme qui se tenait près de lui et fit donner un vêtement à Setna. Puis le roi dit :

« Setna, va à Memphis... tes enfants vivent... ils sont auprès du roi ! »

Setna reconnut alors qu'il avait été victime d'un songe, et tout heureux, il alla à Memphis, il embrassa ses enfants, il jouit de la joie de les voir vivants, après sa terrible hallucination.

Le roi lui demanda :

« N'est-ce point l'ivresse qui t'avait mis en cet état? »

Setna raconta tout ce qui lui était arrivé avec Tabubu, et que ce devait être par une conjuration de Ptahneferka.

Le roi reprit :

« Setna, j'ai déjà levé ma main vers toi auparavant, je t'ai dit : ils te tueront si tu ne rapportes pas ce livre. Tu ne m'as pas écouté. A cette heure encore tu as le livre. Qu'il soit rapporté... par toi-même, et, comme c'est ordonné, avec une fourche et un bâton dans ta main, un réchaud de feu sur ta tête. »

Setna obéit au roi, il sortit avec la fourche et le bâton en sa main, avec le réchaud de feu sur sa tête. Il s'en alla vers la catacombe où gisait Ptahneferka.

Ahura, le voyant revenu, demanda :

« Setna, Ptah, le grand Dieu qui t'amène, est-il bien portant? »

Ptahneferka se mit à rire en disant :

« Voici donc accomplie la parole que je t'avais dite auparavant! »

Setna rendit grâces à Ptahneferka et le bénit. Il reconnut, comme le demandaient le prince et la princesse, que la force était dans la cata-

combe. Ahura et Ptahneferka le bénirent grandement et Setna reprit :

« Ptahneferka, est-ce que mon aventure ne fut point une chose honteuse ? »

Ptahneferka dit :

« Setna, voici ce que je te demande maintenant : tu feras revenir dans cette catacombe le corps de celle-ci, Ahura (1), et le corps de Merhu son fils, tu les feras revenir de Coptos, sans faute. Il faut qu'ils me rejoignent dans cette tombe, comme il convient à un bon scribe. Qu'ils l'ornent devant toi ! Prends donc cette peine, et va à Coptos. Ne t'attarde pas ici davantage. »

(1) Les esprits seuls d'Ahura et de Merhu sont présents avec Ptahneferka dans la tombe de Memphis. Leurs corps sont demeurés à Coptos.

Setna sortit de la catacombe. Il alla retrouver le roi, et il lui raconta tout ce que venait de lui dire Ptahneferka.

Le roi dit :

« Va donc à Coptos, Setna, et amène-moi Ahura avec Merhu son fils.

-- Qu'on me donne donc la barque royale, — reprit Setna, — avec son équipement. »

On lui donna l'un et l'autre, et il navigua sur le Nil dans la direction de Coptos, où il ne tarda pas d'atterrir.

Son arrivée ayant été annoncée aux prêtres de l'Isis de Coptos, ainsi qu'au grand-prêtre, tous vinrent en cortège au-devant de lui, sur le rivage. Deux d'entre eux lui prirent les mains, et le conduisirent en haut, dans le sanctuaire d'Isis et d'Harpochrate. Là, il fit venir un bœuf et du vin, pour l'holocauste et la libation à la déesse et au dieu. Le sacrifice accompli, il descendit dans les catacombes de Coptos avec le grand-prêtre et les prêtres. Tous y passèrent trois jours et trois nuits, cherchant parmi les tombeaux et étudiant tous les styles des hiérogrammates, déchiffrant toutes les écritures.

Ils ne reconnurent pas les lieux de repos où gisaient Ahura et Merhu, son fils.

Ptahneferka apprit l'insuccès de leurs recherches et résolut de leur venir en aide. Il prit la forme d'un vieillard très âgé et apparut devant Setna. Celui-ci lui demanda :

« Toi qui sembles posséder l'expérience du grand âge, ne connaîtrais-tu point les lieux où reposent Ahura et Merhu son fils?

— Le bisaïeul de mon père, — répondit le vieillard à Setna, — a dit à mon aïeul, qui l'a répété à mon père, que les demeures dernières d'Ahura et de Merhu sont dans le bord méridional du lieu nommé Phemate. »

Setna demanda encore :

« Peut-être est-ce pour dérober ce qui appartient à Phemate, que tu te proposes de me conduire en cet endroit?

— Qu'on me surveille attentivement, — reprit le vieillard, — pendant qu'on démolira l'endroit nommé Phemate, et si l'on ne retrouve pas Ahura et Merhu, son fils, je consens qu'on me fasse honte! »

On surveilla donc étroitement le

vieillard, on fit les recherches et l'on trouva effectivement le tombeau d'Ahura et de son enfant dans la partie méridionale des catacombes.

Setna fit transporter les illustres dépouilles dans la barque royale, puis il fit rebâtir Phemate dans sa forme première.

Alors Ptahneferka fit reconnaitre à Setna que c'était lui qui était allé à Coptos lui faire retrouver le sépulcre d'Ahura et de Merhu ; Setna reprit place sur la barque royale et ne fut pas long à revenir à Memphis avec sa précieuse cargaison.

Ces événements furent annoncés au roi, qui vint lui-même au-devant de la barque. Il fit transporter en grande pompe Ahura et Merhu dans la catacombe de Ptahneferka, que désormais tous trois occupèrent ensemble.

La copie de ce discours sur Setna Xaemnas et sur Ptahneferka et Ahura, sa femme, ainsi que Merhu leur fils, fut achevée en l'an 35 Tybi.

Table

LISTE

DES

OUVRAGES PARUS

dans la

" Petite Collection Guillaume "

B. de St-Pierre.	*Paul et Virginie.* . . .	1 vol.
Gœthe	*Werther*	1 vol.
Natesa Sastri.	*Le Porteur de Sachet.* (Roman hindou)	1 vol.
Alph. Daudet. .	*L'Arlésienne*	1 vol.
L'abbé Prévost.	*Manon Lescaut.* . . .	1 vol.
Edgar Poe. . .	*Le Scarabée d'Or.* . .	1 vol.
Byron.	*Le Corsaire et Lara.* .	1 vol.
de Goncourt . .	*Armande.*	1 vol.
Chateaubriand .	*Atala*	1 vol.
Roman coréen.	*Printemps Parfumé.* .	1 vol.
Da Porto. . . .	*Juliette et Roméo.* . .	1 vol.
Voltaire	*Candide*	1 vol.
Diderot.	*La Religieuse.*	1 vol.
Cervantes . . .	*La Jitanilla*	1 vol.
La Fontaine. .	*L'Amour et Psyché* . .	1 vol.

AVIS

Les Acheteurs et Abonnés des volumes de la *Collection Guillaume* recevront gratuitement notre *Petit Bulletin bibliographique illustré*, *Le Carillon*, destiné à les tenir au courant de nos publications au fur et à mesure de leur apparition.

Prière de détacher cette page, y joindre sa carte de visite et adresser le tout sous enveloppe au Directeur du *Carillon*, 105, boulevard Brune, à Paris.

Pour recevoir les six premiers numéros parus, ainsi que notre ancien et notre nouveau catalogue, joindre un timbre de 0 fr. 15 pour l'affranchissement.

" *La Collection Guillaume* "

105, boulevard Brune, PARIS.

Edouard Guillaume, imp.-édit., 105, boul. Brune, Paris.

Table

CE VOLUME

a été imprimé, gravé et broché

dans les ateliers de Edouard Guillaume

Editeur-Imprimeur de la *Collection Guillaume*

105, boulevard Brune, 105

PARIS

25 Décembre 1893

www.ingramcontent.com/pod-product-compliance
Lightning Source LLC
LaVergne TN
LVHW012019220826
846092LV00001B/417

* 9 7 8 2 3 2 9 7 7 0 5 9 8 *